Ernst Woll

Womit und wie wir Kinder früher spielten

Erlebnisse

Herstellung und Verlag: BoD - Books on Demand, Norderstedt, ISBN 9783741264047

Inhalt
Prolog 3
Abzählreime 4
Fang- und Versteckspiele 9
Wer fürchtet sich vorm schwarzen Mann? 17
Fischer wie tief ist das Wasser? 18
Geländespiele der Hitlerjugend 21
Spiele mit einfachen Geräten 25
Stelzenlaufen, Eieraufwerfen mit Netzen, Ausfahrt mit Handwagen, Sackhüpfen, Strickhupfen, Trittrollerrennen, Kreiseln, Ballspiele
Fahrten mit Kinderfahrrädern 34
Meine besonderen Spielsachen 37
Kaufmannsladen, Schaukelpferd, Zinnsoldaten- und Tierfiguren, Spielzeugeisenbahn
Gesellschaftsspiele für Kinder 44
Schlitten- und Skifahren 46
Spiele in der Familie 47
Außergewöhnliche Spielerlebnisse 50
Spielen mit Autowrack und Kipploren, Alte Leute foppen, Drei Jungen bauen ein Floß
Epilog 67

Prolog

Ausgewählt wurden vorrangig Kinderspiele, die mit außergewöhnlichen Erlebnissen verbunden waren. Die Geschichten widerspiegeln, wie in der Zeit von Mitte der 1930er bis Mitte der 1940er Jahre Kinder ihre Freizeit mit spielen verbrachten. Einige frühere Spielvarianten, die heute beinahe vergessenen sind, werden dargestellt. Es soll an Kinderspiele erinnert werden, die bis Mitte des vorigen Jahrhunderts beliebt waren. Für sie brauchte man keine teuren Geräte. Sie verschafften uns Kindern meistens Bewegungen auch vorwiegend im Freien. Dagegen werden heute Computerspiele, vor allem Gewaltspiele, bevorzugt.

Derzeit fast nicht mehr gespielt werden viele
einfache Kinder- und Gesellschaftsspiele.
Heute spielen schon Kinder am PC,
Bewegung im Freien ist nahezu passee.
Früher war es in Familien Pflicht,
das Spiel: „Mensch ärgere dich nicht",
das konnte Groß und Klein Freude bereiten,
darum überdauerte das Spiel auch alle Zeiten.
Aber für Gewaltspiele, die heute in Mode,
wären unbedingt nötig, gezielte Verbote.

Abzählreime

Meine Kinder- und Jugendzeit verbrachte ich in den 1930/40er Jahren in einer Ostthüringer Kleinstadt mit Dorfcharakter. In unserer Straße und Nachbarschaft gab es etwa 15 Jungen und Mädchen im Alter von 8 bis 14 Jahren, die sich häufig zu gemeinsamen Kinder- und Gesellschaftsspielen trafen. Die gesellschaftliche Stellung der Eltern spielte dabei keine Rolle. Für uns Kinder gab es beim Spiel keine Unterschiede ob Arbeiter-, Bauern-, Handwerker-, Arzt- Rechtsanwaltkind oder anderes Elternhaus, alle hatten sich letztlich der Mehrheitsmeinung unter uns Kindern zu fügen. Wenn einige, die älter wurden, dann nicht mehr mit Kindern spielen wollten, kam trotzdem immer wieder Nachwuchs hinzu. Nicht nur an schönen Sommertagen sondern selbst im Herbst und Winter spielten wir gern im Freien Versteck-, Fang-, Ball- Reifenspiele und ähnliches, ohne aber auch wintersportliche oder der jeweiligen Jahreszeit angepasste Betätigung zu vernachlässigen. Bei vielen Spielen mussten zunächst die Fänger oder die, die das Spiel beginnen sollten, ausgelost werden. Bei der Auswahl und Anwendung der hierfür genutzten Abzählreime gab es viel Spaß aber auch schon am Anfang manchen Streit. Es war also gang und gäbe, dass immer einige die „Bestimmer" sein wollten aber die hatten es in der großen Gruppe meist sehr schwer sich durchzusetzen.

So wurde schon zu Beginn darüber gestritten welche Abzählreime man nimmt. „Eins, zwei, drei und du bist frei", war besonders den älteren Jungen zu harmlos, sie wollten Sprüche in denen so genannte schlechte Wörter, z. B. Scheiße, Furz und ähnliche vorkommen. Die durften wir in Anwesenheit Erwachsener und zu hause nicht sagen und drückten deshalb damit auch eine gewisse Kraftmeierei aus. Heutzutage sind diese Begriffe salonfähig geworden und fast niemand stört sich daran, wenn selbst auf dem Schulhof die Kinder laut Scheiße rufen. Von unseren Lehrern hätte es in meiner Volksschulzeit hiefür Hiebe mit dem Rohrstock gegeben.

Häufig setzten sich Abzählreime durch wie: „Ene, dene turz, der Teufel ließ nen Furz, gerade übern Kaffeetrinken, tat der ganze Kaffee stinken" oder „zwischen Rosen und Narzissen hat der/die (hier wurde ein Vorname eines anwesenden Kindes gerufen) hingeschissen". Das waren dann die Auserwählten für den Spielbeginn z. B. als „Fänger" bzw. „Sucher".

Den nächsten Streit gab es häufig beim Auszählen mit den Abzählreimen, Gewiefte schummelten oft dabei. Sie übersprangen einfach Silben oder wählten den Anfang beim Abzählen so, dass letztlich immer einer oder eine, die man auf dem Kieker hatte, drankam. Das waren häufig die Kinder, die immer den Buhmann spielen mussten oder viel gehänselt wurden. Heute spielt das beim Mobben eine Rolle, damals für uns ein unbekannter Begriff.

Als ich diese Geschichten über Abzählreime meiner 10jährigen Urenkelin erzählte, meinte sie: „Weißt du eigentlich, dass man heute fürs Auswählen derjenigen, die Spiele anfangen, Zufallsgeneratoren verwendet? Das hab ich schon im Fernsehen bei Ratespielen gesehen. Und Auszählreime findet man in Massen im Internet, du musst nur bei Google oder einer Suchmaschine diesen Begriff eingeben und kannst dann auswählen. Für Vorbereitungen von Kindergeburtstagen, wo wir auch Gesellschaftsspiele machen, hat das mein Vater auch schon getan. Ich konnte mit diesen coolen Reimen meine Freundinnen überraschen."
Da begriff ich, mit meinem Wissen aus der fernen Vergangenheit konnte ich bei den Kindern heute keinen „Blumentopf" mehr gewinnen!
Wir verwendeten damals besonders Abzählreime aus mündlichen Überlieferungen von unsrer Eltern. Ich entsinne mich außerdem, dass der Sohn vom Amtsrichter, die zuhause viele Bücher hatten, mal eines mit solchen Reimen uns zeigte und damit angab. Er wurde ausgelacht und mein Freund Hermann, der in unserer Gruppe meistens ein Anführer sein wollte, sagte: „Diese vielen zahmen hochgeschraubten Sprüche sind doch großer Mist, das dauert doch viel zu lange ehe man mit dem Spielen anfangen kann. Bei uns wird weiter kurz und bündig ausgezählt mit: Ene dene, daus und du bist raus." Damit war eine Linie vorgegeben aber ich erinnere mich an ein Vorkommnis, bei dem es zwischen Hermann und dem Geschwisterpaar

Lothar und Hilde wegen der Auszählprozedur sogar zu einem Streit mit einer Prügelei kam.

Hermann war grundsätzlich derjenige der auszählte, und bei Spielen bei denen die Ausgewählten die schwierigste oder eine unbeliebte Aufgabe übernehmen mussten, war immer Lothar oder Hilde dran. Sie waren körperlich nicht so robust wie wir anderen und wurden wegen ihrer großen Ängstlichkeit oft Memmen genannt. Vielleicht sind sie nicht ganz gesund gewesen und wurden deshalb von ihren Eltern etwas stärker behütet. Das merkten wir Kinder aber nicht und bei unserem gegenseitigen Umgang waren die beiden auch auf anderen Gebieten oft Zielscheiben für Hänseleien.

Nach einiger Zeit "schnallte" Hilde, dass sie und ihr Bruder beim Auszählen fast immer die Benachteiligten waren, sie protestierte und beschuldigte Hermann zu schummeln. Er ließ sich das nicht gefallen und beschimpfte sie als alte hässliche, grantige Zicke. Sie blieb nichts schuldig und nannte ihn blödes Elefantenbaby. Er zog sie sogar an den Haaren, ein Anlass für Lothar, dazwischen zu gehen und man begann sich gegenseitig zu schubsen. Weil Hermann schließlich die Köpfe der beiden Angreifer in seine Armzangen nahm, trat Lothar ihn heftig ans Schienbein und nun ging es richtig zur Sache, wobei ganz offensichtlich Hermann der stärkere und überlegene war. Wir standen drum rum und feuerten an. Noch heute nach so vielen Jahren kann ich mich noch deutlich an die

Szene erinnern. Da tauchte wie aus dem Nichts der große stämmige Vater des Geschwisterpaares auf, packte Hermann am Jackenkragen, versetzte ihm einen derben Schlag auf den Hintern, zog ihn hoch um ihn gleich wieder auf den Weg zu werfen. Der schrie auf: „Dich wird mein Vater totschlagen." Mit der Stärke unserer Väter prahlten wir damals alle gern.

Was dann alles noch geschah, weiß ich nicht mehr so genau, jedenfalls führte das Vorkommnis zur Verfeindung der Familien der Streithähne, aber und so sind Kinder, nach einigen Tagen spielten wir alle wieder zusammen. Ich kann mich nur noch entsinnen, dass Lothar und Hilde nach hause beordert wurden, wenn ihre Eltern mit bekamen, sie sind wieder mit der Horde zusammen; was sie nur unter murren befolgten.

Es war damals eher eine Ausnahme, dass sich Familien wegen Kinderstreitigkeiten entzweiten, unsere Eltern mischten sich da meistens nicht ein. Wenn es aber geschah, zog das meist große Kreise und die Verfeindeten mieden sich auf fast allen Gebieten.

Fang- und Versteckspiele

Fang- und Versteckspiele sind in verschiedenen Varianten bekannt, können sowohl in als auch außerhalb von Wohnungen und von Kindern und Jugendlichen gespielt werden. Ich will zunächst von Erlebnissen mit Spielen berichten, die wir Kinder vor einem Dreivierteljahrhundert besonders im Freien im Dorf auf Wiesen und in Wäldern spielten. Schon unsere Eltern kannten sie, die Regeln wurden von Generation zu Generation weiter gegeben und teilweise variiert und ergänzt. Für mich als etwa 8 bis 10jähriger war das „Verstecken mit Fangen" in den mit vielen Hecken umfriedeten Gärten, in Ställen und Scheunen der Bauernhöfe sowie im nahen Wald meines Heimatortes am beliebtesten.

Als etwas Besonderes sollte ich in den Sommerschulferien – ich hatte die 2. Klasse abgeschlossen und war versetzt worden – eine Woche bei meiner Tante in der größeren Stadt Gera – sie wohnte in einer Straße mit aneinander gereihten 5 - 6etagigen Mietshäusern - verbringen. Schnell hatte ich dort auch Anschluss an einige gleichaltrige Mädchen und Jungen gefunden. Als ich die nach dem Spiel „Verstecken" fragte kannten sie es auch und es wurde sofort ausgemacht, es zu spielen. Welche Enttäuschung für mich: In einigen Hauseingängen wo ich Verstecke suchte las ich Schilder „Kinderspielen verboten"; wenn ich über die Straße rennen wollte galt es mörderisch aufzupassen, nicht unter ein Auto oder Motorrad zu geraten; ich fand nur wenige geeignete Versteckstellen. Hinter Müllcontainern wurde man gesehen, die meisten Kellertüren waren verschlossen; dichte Hecken fand ich nicht und ich war insgesamt richtig ratlos wo ich mich verstecken könnte. Außerdem hatten meine Spielgefährten aus der Stadt andere, ja, ganz komische Spielregeln. Sie zählten nicht aus wer suchen und fangen musste, der Älteste und Stärkste bestimmte den ersten Fänger oder Sucher. Der Name des Entdeckten wurde gerufen und der musste aufhören. Das gefiel mir gar nicht, es war ganz schön langweilig wenn man mit als erster erblickt worden war und dann nutzlos rumzusitzen musste. Nach unseren Spielregeln hieß das Spiel auch „Verstecken und Fangen", wir rannten den Gefundenen hinterher und erst wenn wir ihn berührten, war er raus. Mit geschickter Flucht konnte man sich sogar wieder in ein Versteck retten.

Als ich allerdings bei den Stadtkindern meine Regeln einbringen wollte stieß ich auf Widerstand. Klar, richtiges Fangen konnten die gar nicht spielen, es fehlten die großen Wiesen, Wege und Gassen ohne Motorfahrzeuge. Im Übrigen störten die vielen Passanten unser Spielen in der Stadt ganz ungemein.

Meine Tante hatte einen Schrebergarten und ich musste mehrmals mit dorthin, aber ich merkte, dass auch hier die Bedingungen für „Fang- und Versteckspiel" ganz ungünstig waren. Überall gepflegte Beete auf die man nicht treten durfte und jede Parzelle war durch Zäune abgegrenzt und abgeschirmt.

Wenn mich mein Onkel nicht mal mit ins Stadtinnere zu den vielen Geschäften mitgenommen hätte, wäre mein Stadtaufenthalt insgesamt eine Enttäuschung gewesen. Zu hause prahlte ich allerdings vor meinen Spielgefährten, die teilweise die Stadt gar nicht kannten, wie dort alles groß und sauber sei. Ehrlicher Weise bekannte ich aber, bei uns auf dem Dorf wäre es schöner, wir könnten in Stromerkleidung auch an dreckigen Stellen spielen, während die Stadtkinder diese Kleidung wahrscheinlich gar nicht kannten. Die hatten auch zum Spielen ihre Schulkleidung an.

Vom Versteckenspielen mit den Spielgefährten in unsere Straße sind mir noch einige Zwischenfälle in Erinnerung. Das Spiel begann, dass der durchs auszählen bestimmte erste „Sucher und Fänger" dastand, sich die Augen zuhielt und bis zehn zählte. In dieser Zeit mussten alle anderen ihre Verstecke erreicht haben. Er rief dann: „Jetzt komm ich!" Nun waren manche bei diesem Zählen so schnell, dass es Protest gab, weil die Zeit überhaupt nicht reichte sich ordentlich zu verstecken. Wir führten deshalb das „Und Zählen" ein, das bedeutete nach jeder Ziffer musste „und" gesagt werden: „1 und, 2 und, 3 und………10 und!"

Groß war unser Erfindergeist beim Aussuchen von Verstecken. Mein Schulkamerad Günter war darin ein Meister. Wir wussten aber, dass er sich meistens in der Scheune des elterlichen Bauernhofes versteckte.

Dort gab es übrigens viel Freizügigkeit, weil Günters Eltern die Kinderspiele richtig gut unterstützten, während andere Bauersleute uns vielfach auch aus den Gehöften verjagten und damit unser Spiel störten.

Bei einem Versteckspiel hörten wir in der Scheune, wo Günter zu vermuten war, plötzlich Krach und ganz entfernt ein fast nicht vernehmbares Rufen oder mehr ein Wimmern. Das Spiel wurde abgebrochen und alle eilten dorthin. Wir fanden auf der Tenne einen riesengroßen Strohhaufen aus dessen Inneren die Stimme kam. Alle halfen sofort mit, das Stroh beiseite zu räumen und als genügend Platz geschaffen worden war konnte der Junge unverletzt heraus. Was war geschehen? Günter war mit einer Leiter auf den Oberboden gestiegen, um dort in hinterster Ecke unerreichbar zu sein. Aus Versehen brachte er das gelagerte Stroh ins Rutschen und fiel in dessen Inneren steckend damit abgepolstert durch ein geöffnet Luke nach unten. Die Strohmasse war aber so gewaltig, dass er sich nicht mehr selbst befreien konnte.

Ein anderer Fall war schon etwas kritischer. Der Grimmers Kitz (Spitzname) war ein Angeber, dessen Prahlereien aber immer belächelt wurden. Er behauptete: "Ich finde Verstecke, wo ihr mich nie finden werdet." Das wäre fast Wirklichkeit geworden.

Wir spielten meistens gegen Abend und besonders schön wurde es bei beginnender Dunkelheit; die Eltern hatten oft Mühe uns an den Abendbrottisch zu bringen.

Eines Abends hatten wir es wieder einmal übertrieben und das Rufen einiger Eltern wurde so energisch, dass wir doch lieber das Spiel beendeten.

Der „Kitz" hatte 6 Geschwister und bei ihm zu hause gab es keine regelmäßigen gemeinsamen Mahlzeiten, die Kinder wurden viel sich selbst überlassen. So fiel es gar nicht so sehr auf, wenn mal einer fehlte. Der Vater war Alkoholiker und die Mutter mit der Erziehung und dem Haushalt überfordert. An diesem Abend jagte der Vater die Kinder ins Bett und merkte nicht, dass Kitz nicht dabei war. Die Geschwister getrauten sich nicht, etwas zu sagen, weil sie Schläge befürchteten, wenn sie den alkoholisierten Mann auf irgendein Versehen aufmerksam machten.

Wir anderen Spielgefährten kümmerten uns auch nicht darum, ob der Junge auch nach hause ging oder nicht. Erst am nächsten Tag in der Schule wurde das Fehlen bemerkt. Der Lehrer wusste, dass der Junge und auch dessen Eltern die Schulpflicht manchmal ignorierten und war deshalb zunächst auch unbesorgt. Wir guckten am Nachmittag schon mal bei unserem Schulkameraden vorbei und erfuhren, dass die Eltern zwar das Fehlen ihres Kindes mitbekommen hatten, sich aber noch keine Gedanken machten. Lallend erklärte der Vater: Vielleicht schläft er mal wieder bei einem Freund, wo er ja angeblich auch manchmal besseres Essen bekommt als bei uns.

Nun machten wir uns doch Gedanken und begaben uns auf Suche. Ein Schulkamerad brachte sogar einen Hofhund mit, der aber keine große Hilfe war, sondern nicht begriff, was wir von ihm wollten.
Da kam einer auf den Gedanken, vielleicht hatte er sich im stillgelegten Kiesbruch, der nur einige hundert Meter vom Ortsrand entfernt liegt, versteckt? Da zog die Meute dorthin und wir wurden findig. Kitz lag am Grund einer ca. 3 m tiefen Grube mit so steilen Wänden ringsum, dass selbst ein guter Kletterer nicht raus gekommen wäre. Er schrie uns an: „Endlich sucht ihr nach mir, ich bin fast verdurstet und verhungert. Ich muss doch mindestens schon Tage hier gefangen gewesen sein. Zumindest habe ich bis vor einigen Stunden noch hin und wieder gerufen und geschrien aber ihr seht, ich habe ein ganz sicheres Versteck gefunden." Wir waren vor allem froh, er hatte seine Angeberei nicht verloren, also war ihn auch nichts Schlimmes passiert. Mit einem Seil holten wir ihn raus. Er hatte das Abrutschen in die Tiefe gut überstanden. Einige kleine Abschürfungen an den Händen stamm-

ten von seinen Bemühungen aus der Grube zu kommen.

Eine besondere Kategorie der Versteckfangspiele ist „Räuber und Gendarm" wozu sich unserer Umgebung sehr gut eignete. Am günstigsten war, wenn bei diesem Kinderspiel etwa 10 Personen oder mehr mitmachten. Es werden 2 Gruppen, Räuber und die Gendarmen gebildet; dabei gab es unter uns Kindern oft Streit, welche in der Überzahl sein sollten, häufig wurde sich auf gleiche Größe der Gruppen geeinigt. Außerdem waren die Meisten bestrebt Gendarmen zu sein, aber hierzu wurde ausgezählt. Beim Spiel warten die Gendarmen eine angemessene Zeit, bis sich die Räuber im Gelände verteilt (versteckt) haben, sie müssen dann gesucht gefangen und in ein Gefängnis gebracht werden. Wir spielten oft im Gelände des Kiesbruches und dort war eine alte Baubude als Kerker gut geeignet. Aus diesem Gefängnis gab es manche Möglichkeiten auszubrechen und deshalb mussten immer mehrere Gendarmen zur Bewachung abgestellt werden. Außerdem konnten auch noch freie Räuber versuchen, ihre Kumpane wieder zu befreien. Das Spiel war vorbei, wenn alle Räuber gefangen waren, was manchmal sogar einige Stunden dauerte. Eigentlich war das Abschlagen das Zeichen für das außer Gefechtsetzen eines Räubers. Wir hatten uns jedoch eine Spielvariante ausgedacht bei der die gefangenen Räuber in der Baubude gefesselt und angebunden wurden. Der Wächter im stillgelegten Steinbruch ärgerte sich häufig über unser dortiges Spiel und scheuchte uns hin und wieder vom Gelände. Da passierte es auch, dass wir festgesetzte Räuber vergaßen, die sich auch aus Angst vorm Wächter nicht gleich bemerkbar machten. Ich erinnere mich, dass mein Spielgefährte Hermann einmal noch spät abends an mein Schlafstubenfenster klopfte und flüsterte: „Die Eltern vom Hans sind auf der Suche nach ihm, ich glaube, er ist noch in der Bude angebunden." Ich schlich aus dem Haus und wir liefen gemeinsam zum Kiesbruch, tatsächlich war der Junge noch gefesselt und hatte auch laut gerufen, aber der Wächter hatte Dienstschluss und nichts gehört. Wir befreiten ihn, er konnte zu seinen Eltern, was er denen erzählte weiß ich nicht mehr, wahrscheinlich nichts von seiner Niederlage.

Wer fürchtet sich vorm schwarzen Mann?

Kürzlich fragte ich mehrere Zweitklässler ob sie das Kinderspiel „Wer fürchtet sich vorm schwarzen Mann?" kennen? Von fast allen erhielt ich die Antwort: „Ja, so was gibt es als Computerspiel, da werden Indianer abgeschossen oder so ähnlich."
Ich war betrübt, ich kannte dieses Spiel von vor einem Dreivierteljahrhundert noch anders und wir spielten es auch im Freien mit Bewegung. Wir waren häufig mehr als 10 Kinder, also die nötige Anzahl für dieses Fangspiel. Gern wählten wir den freien Platz vor unserem Haus als Spielfeld. Die Begrenzungen bildeten unser breites Hoftor und die gegenüber liegenden etwa 15 m entfernten Lattengartenzäune. Der Fänger, der „Schwarze Mann", und 2 Gruppen wurden ausgezählt und es konnte losgehen! Der „Schwarze Mann" stellte sich in die Mitte des Spielfeldes und rief: „Wer fürchtet sich vorm schwarzen Mann?" Die Antwort aller Kinder: „Niemand." Das war das Startsignal, alle rannten los. Jede Gruppe versuchte die gegenüberliegende Spielfeldseite zu erreichen und wer den Gartenzaun oder das Tor berührte war in Sicherheit. Der „Schwarze Mann" versuchte dabei viele Kinder durch antippen abzuschlagen, das waren dann diejenigen, die ihm beim nächsten Durchgang unterstützen. Gewonnen hat der Letzte, der allem Abschlagen entkommen konnte. Er war gleichzeitig der nächste erste

Fänger. Uns machte es viel Spaß, beim rennen Haken wie die Kaninchen zu schlagen. Gegenseitiges Aneinanderstoßen beim „Gerammel" mit hinfallen störte uns aber auch nicht. Blaue Flecken wurden nicht ernst genommen.
In einem Sommer war in der Nachbarschaft ein uns gleichaltriger Afroamerikaner zu Besuch. Wir Kinder störten uns nicht an der dunklen Hautfarbe des Besuchers, obwohl wir in diesen 1930er Jahren in der Schule schon hörten, dass diese „Schwarzen" nicht zu unserer höherwertigeren arischen Rasse gehörten. Der Einfluss unserer Eltern war groß genug, dass wir dies beim Spiel hinten an stellten. Dem Jungen machte es aber auch nichts aus, wenn er beim Spiel ohne auszuzählen immer der erste Fänger, der „Schwarze Mann", sein musste.

Fischer wie tief ist das Wasser?

Nachdem durch abzählen bestimmt war, wer Fischer sein musste oder konnte postierte sich dieser auf der einen Seite des Spielfeldes. Gejubelt wurde immer, wenn es Günter wurde, der hatte die meisten Ideen bei diesem variantenreichen Spiel. Die Kinder, die sich auf der gegenüberliegenden Seite aufstellten, riefen: „Fischer wie tief ist das Wasser?" Er: …..m tief."
Meistens wurde eine sehr große Zahl (einige Tausend) genannt und besonders die Jüngeren meinten: „Ihr spinnt, so tiefe Meere gibt´s gar nicht." Ich erinnere

mich an ernsthaften Streit über diese Frage, die vor der Fortsetzung des Spieles debattiert wurde. Der Günter, dessen Mutter von der Nordseeküste stammte, prahlte immer von den Erlebnissen, die er bei dortigen Besuchen hatte. Wir anderen alle hatten noch nie das Meer gesehen, auch ich erst mit 18 Jahren. Günter sagte z. B.: "Mein Opa, ein Kapitän, hat mir bestätigt, dass selbst die Nordsee über 1000 m tief ist. Sie hatten mal einen Wal mit der Harpune an einer Leine gefangen, der wollte sich in die Tiefe retten und das Seil rollte ab und ab, sie haben nachgemessen, es waren mehr als 1000 m." Die etwas nachdenklicheren und gewiefteren Kinder widersprachen ihm und meinten, der Fisch könnte doch auch geradeaus geschwommen sein, dein Opa konnte ihn im Wasser doch gar nicht sehen. Da hatten sie aber Günter beleidigt, er wehrte sich, ein Lügner zu sein. Er wusste deshalb auch sofort eine Begründung für seine Behauptungen, die allerdings von den anderen auch skeptisch aufgenommen wurde. Er erzählte: „An der Harpune war eine stark leuchtende Lampe, damit der Wal auch den Köder sehen konnte, mit dem er angelockt wurde. Deshalb konnte dann mein Opa den Weg des Fisches in die Tiefe verfolgen."

Das überzeugte die Meisten nicht, sie verlangten, nun aber zu spielen und nicht weiter zu quatschen.

Im Spiel folgt jetzt die Frage an den Fischer: „Wie kommt man da rüber?" Nun nennt der Fischer eine ungewöhnliche Art, wie man die Strecke überwinden kann. Das war z. B.: „Auf einem Bein hüpfen", „rückwärts oder auf allen Vieren gehen" u. v a. m. Der Fischer selbst muss auch in dieser genannten Weise das Spielfeld überqueren und dabei versuchen, möglichst viele abzuschlagen, die ihn dann bei der nächsten Spielfeldüberquerung unterstützen. Gewonnen hat, wer als letzter noch nicht abgeschlagen war, in der Regel wurde der dann der Fischer.

Ich erinnere mich noch, dass wir einmal viel Spaß hatten, als Günter etwas ganz Außergewöhnliches vorschlug: Alle mussten die Hände über den Kopf halten und abgeschlagen wurde, indem man mit der Stirn den anderen antippte. Es kam dabei zu den unmöglichsten gegenseitigen Berührungen und die Mädchen kreischten oft auf, wenn ihr Gesicht mit der Stirn eines Jungen berührt wurde.

Straße und Platz vor unserem Haus eigneten sich sehr gut für unsere Spiele. Außerdem gehörte mir, gegenüber unserem Grundstück, ein kleiner Garten, in dem wir oft spielten.

Geländespiele der Hitlerjugend

„Räuber und Gendarm" war die zivile Version von Geländespielen, die ich als Pimpf des Deutschen Jungvolks (DJ), Kinderorganisation der Hitlerjugend (HJ), live erlebte.
Ängstliche hassten die „Geländespiele", bei denen aber die Mutigen begeistert mitmachten. Es war, das weiß ich heute, die Vorbereitungen auf die Kriegsteilnahme bzw. das Soldatentum. In der Regel wurden zwei sich zu bekämpfende Gruppen gebildet. Die Stärkeren versuchten immer die Kräftigsten in ihre Abteilung zu bringen. Nur das Machtwort der Hitlerjugendführer, deren Befehle unwidersprochen galten, konnte bei diesem Gerangel die Ordnung herstellen. Da ich körperlich groß und kräftig war, gehörte ich meist zu den favorisierten Einheiten. Besonders stolz war ich, wenn ich zum Führer oder Unterführer einer Kampfabteilung ernannt wurde. Da war nichts mit auszählen – es wurde befohlen.
Das hügelige und stark bewaldete Gebiet bei uns bot ausgezeichnete Bedingungen für diese Kriegsspiele. Zu Festungen, die es zu verteidigen oder zu erstürmen galt, wurden meist Talsenken oder kleine Anhöhen, Kiesgruben oder ähnliches erklärt. Die Angreifer mussten mit List und Kampfesgeist handeln. Dabei ging es oft sehr roh und hart zu. Die unerbittlichen Raufereien und Prügeleien waren ein Teil der Mutproben. Wehe, wenn ein verletzter Junge heulte oder

Feigheit zeigte. Ich erinnere mich an ein Geländespiel, bei dem wir in einem stillgelegten Steinbruch große Steine den Berg hinabrollen ließen. Die Angreifer sollten damit getroffen werden; das gelang auch und führte in einem Falle sogar zu einem Armbruch. Nachsicht gegenüber den angeblichen Feinden gab es nicht. Kameradschaft und gegenseitige Hilfe galt jedoch in der eigenen Gruppe. Die Führer erzogen uns zur Härte und zum Aushalten sowie Unterdrücken von Schmerzen. Wer Schwäche und Wehleidigkeit zeigte, wurde vor versammelter Einheit lächerlich gemacht; Methoden, die sich dann beim Arbeitsdienst und der Rekrutenausbildung fortsetzten. Für die Mehrzahl von uns Kindern wurde damit nicht etwa Ablehnung oder Widerspruch erzeugt, sondern im Gegenteil, die Begeisterung weiter angefacht.

Anschleichen, den Gegner überlisten und viele gefangen nehmen wurde bei fast allen Spielen geübt. Mit den sogenannten Gefangenen gingen wir nicht glimpflich um. Es gehörte dazu sie zu fesseln, an Bäume zu binden und zu knebeln. Dabei hatten wir einen solchen Pimpf nach Ende des Geländespiels vergessen. Erst nach mehreren Stunden erinnerten sich Schulkameraden, dass noch einer im Übungsgebiet an einem Baum festgebunden ist, dem außerdem der Mund fest zugebunden war, damit er nicht schreien konnte. Auch seine Eltern hatten die Abwesenheit ihres Kindes noch nicht bemerkt. Beim Befreien des Jungen musste ein Arzt geholt werden. Er war schon wegen erschwerter

Atmung ohnmächtig geworden. Nach der Meinung des Mediziners hätte dieses üble übertriebene Spiel sogar tödlich ausgehen können.

Die sogenannten Kämpfe wurden immer gewagter und auch gefährlicher. Wir durften „Fahrtenmesser" besitzen und benutzen. Das waren kleine Dolche, die in einer Scheide steckten und am Koppelriemen getragen wurden. Es war zwar verboten, aber unsere Hitlerjugendführer drückten bei solchen Sachen die Augen zu, wenn wir die Klingen doppelseitig schärften. Mit diesen Fahrtenmessern wurden, wie mit dem Soldatendolch, Pfeile geschnitzt, Äste beim Bau von Verstecken, Unterkünften und Zelten zurecht geschnitten, Verpflegungsdosen geöffnet und manchmal sogar den Übungsgegnern gedroht. Letzteres sollten die Hitlerjugendführer nicht sehen. Sie wussten sicherlich darüber Bescheid und schauten auch hier geflissentlich weg.

Die Mahnungen unserer Eltern, doch immer vorsichtig zu sein, schlugen wir in den Wind. Erstens wurde zu Hause nicht alles erzählt und zweitens war die Beeinflussung durch die Hitlerjugendführer stärker als die mahnenden Worte von Mutter und Vater. Im Übrigen konnte man aus der immer wieder beschworenen Kameradschaft gar nicht ausscheren.

Gefährlich war ein Geländespiel, als wir selbstgebastelte Minen einsetzten. Diese bestanden aus Konservendosen, die wir mit Schwarzpulver und Lehm füllten, provisorisch verschlossen und mit einer Zündschnur versahen. Das Schwarzpulver hatte ich mitgebracht. Ich hatte davon ca. 10 kg in unserem Schuppen entdeckt. Es stammte von meinem Onkel, einem Förster, der dieses als Sprengmittel für das Roden der Baumwurzeln benötigte. Als er von zu Hause auszog, hatte er wahrscheinlich diesen gefährlichen Vorrat vergessen. Mich hat niemand gefragt, woher ich dieses Schwarzpulver hatte. Die Sprengdosen gruben wir in die Erde ein. Die Zündschnüre wurden untereinander verbunden und wenn die feindlichen Truppen anrückten, gezündet. Wir erfreuten uns an den umher fliegenden Erdbatzen und den flüchtenden Angreifern. Das war eigentlich schon kein Spaß mehr, aber unsere HJ - Führer haben das gefährliche Treiben auch nicht verboten. Gott sei Dank passierte nichts Ernsthaftes, denn die umherschwirrenden Steine und Erdschollen verursachten nur harmlose blaue Flecke.

Das gehörte also in meiner Kindheit auch zu den Kinderspielen.

Spiele mit einfachen Geräten

Stelzenlaufen

Diese auf dem Bild erkennbaren Stelzen bauten wir uns als Kinder selbst und es passierte auch nicht selten, dass wir beim ersten Gehen mit ihnen umfielen. Allerdings gab es auch Schwierigkeiten die Fußhalterung haltbar am Stock zu befestigen aber ein bekannter Tischler half uns oft dabei.

Vorbild für unser Stelzenlaufen war uns die Werbefigur des „Nigrinmannes", der nach den Abbildungen diese Gehtechnik gut beherrschte, wir aber fielen dabei oft auf die Nase.

Unser Hof und die Straße vor unserem Haus waren sehr uneben, sie hatten keinen festen Belag. Trotzdem veranstalteten wir sogar Rennen mit diesen besonderen Gehstecken.

Eieraufwerfen mit Netzen

Eiernetz
Bei uns in Ostthüringen gab es einen besonderen Osterbrauch, das so genannte Ostereier werfen. In ein buntes gehäkeltes Netz kam ein hartgekochtes Osterei. Ein Strick am Netz ermöglichte schleudern, hoch und weit werfen. Wessen Eier dabei am längsten hielten und wer am weitesten werfen konnte war Sieger. Wenn alle gekochten Eier kaputt waren, kamen dann „Holzeier" zum Einsatz. Nun galt die Höhe des Wurfes als weiteres Wettbewerbsziel.

Es gab bei uns eine so genannte Eierwiese (ca. einen halben Hektar groß), auf der zu den Osterfeiertagen reger Betrieb beim „Eier aufwerfen" herrschte. Dieses Ausflugsziel für die Familien mit den Kindern gibt es heute nicht mehr und auch der Brauch gerät nach und nach in Vergessenheit.

Ich erinnere mich an das Osterfest als ich 6 Jahre alt war. Am 1. Feiertag vormittags übte ich schon in unserem Garten das „Eierwerfen", um am Nachmittag auf der Eierwiese zu den Favoriten zu gehören. Auf der Straße gab es hierbei manchmal Probleme, weil sich die Netze in den Elektro- und Telefonoberleitungen leicht verfingen oder auf den Schotterwegen zu hart aufschlugen. Die kaputt gegangenen Eier habe ich immer gleich gegessen. Als ich das 10. Ei aus der

Küche holte stutzte meine Mutter und unterband mein Tun. Sie tat recht, denn nach einiger Zeit setzte bei mir wie erwartet doch etwas Bauchweh ein: 10 hart gekochte Eier sind für einen Kindermagen wohl etwas zu viel! Trotzdem ging´s am Nachmittag zur Eierwiese.

Diese Mädchen konnten sich glücklich schätzen, sie hatten viele Ostereier für das Aufwerfen zur Auswahl.

Ausfahrt mit Handwagen

Der Handwagen hieß bei uns Roller und wir spielten gern Pferdekutsche. Ein größerer Junge war meist das Pferd, das den Wagen ziehen musste, er wurde mit einer einfachen Schnur (Pferdeleineersatz) gelenkt. Das Bild spricht für sich und zeigt wie phantasievoll wir Kutsch- oder Pferdewagen fahren nachahmten.

Die Ziegenlämmer, die nicht für die Aufzucht und später als Muttertiere gebraucht wurden, waren dann ein beliebter Osterlammbraten. Das tat mir immer sehr leid und schmeckte mir schon als Kind nicht, so dass ich nunmehr auch als Erwachsener kein Ziegenlammfleisch esse. In einem Jahr wurden bei uns zwei Ziegenlämmer nicht geschlachtet, ich durfte diese abrichten und als sie etwas größer geworden waren vor einen Roller spannen. Allerdings war ich immer darauf bedacht, dass die Fuhre nicht zu schwer wurde, denn Ziegen sollten, genau wie Hunde, eigentlich nicht als Zugtiere genutzt werden.

Es war für mich keine Arbeit sonder Spiel, wenn ich frisches Gras von der Wiese als Grünfutter nach hause transportierte. Beim Geschirr für die Ziegen wurde streng auf eine gute Passform geachtet, damit es keine Druckstellen gab. Nach etwa 2 Jahren gab ich das Anspannen von Ziegen auf, weil ich meinte, es bedeutet Quälerei für diese Tiere.

Der Schuttplatz in der Nähe unseres Ortes war für uns eine Fundgrube, hier fanden wir Materialien für fahrbare Untersätze, die wir selbst zusammenbauten.

 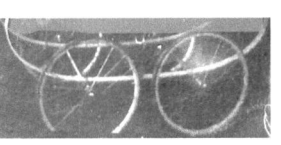

Erfreut waren wir, wenn wir ein Kinderwagenuntergestell mit großen Rädern (wie auf dem Bild) fanden. Darauf wurde ein Brett montiert; aufgesessen ging es die Straße entlang und den Berg hinunter. Mancher Sturz war vorprogrammiert, weil diese Karren schwer zu lenken waren. Dabei entstandene kleine Schrammen steckten wir weg, jeder wollte mit seinem Gefährt der Schnellste sein, da war das Bremsen und Anhalten zweitrangig.

Oftmals dienten auch kleine Roller als „Rennwagen".

Sackhüpfen

Sackhüpfen spielten wir sowohl in der Wohnung als auch im Freien. Die Jutesäcke, in die ansonst Getreide oder Kartoffeln gefüllt wurden, waren oft recht groß und sehr steif, sie ließen sich auch oft nur schwer am Körper halten. Als besondere Raffinesse galt es z. B. mit einem hoch gestreckten Arm oder anderen Übungen zu hüpfen. Gewonnen hatte, wer auf einer festgelegten Hüpfstrecke der Schnellste war. Wer hinpurzelte wurde ausgelacht.

Strickhupfen

Seile waren bei uns Stricke, deshalb hieß das Spiel auch Strickhupfen. Die Mädchen waren dabei immer wendiger und geschickter als wir Jungen. Oftmals waren die Stricke auch zu lang und mussten erst auf die richtige Länge gekürzt oder die Überlänge um das Handgelenk gewickelt werden. Gekaufte Hupfstricke hatten Griffe. Beim Spiel hatte gewonnen, wer ohne abzusetzen die meisten Sprünge über den Strick fertig brachte.

Auch beim Spazierengehen „strickhupfen" die Kinder bis heute gern.

Trittrollerrennen
1963

In meiner Kindheit waren die Trittroller ganz primitiv aus Holz und mit Holzrädern. Unsere Kinder (Bild) hatten Anfang der 1960er Jahre schon Roller mit gummibereiften Rädern. Trotzdem entwickelten wir in den 1930er Jahren mit unseren ganz einfachen Trittrollern ansehnliche Geschwindigkeiten selbst auf den meistens unbefestigten Wegen. Gepflastert oder mit Asphaltdecke waren nur Hauptstraßen, auf denen wir wegen des Verkehrs nicht spielen durften. Ich denke, 10 Stundenkilometer schafften wir schon, denn ich erinnere mich, dass ich es in einer reichlichen halben Stunde mit meinem primitiven Roller bis zur 5 km entfernten Nachbarstadt schaffte. In unserer Straße veranstalteten wir sehr gern Trittrollerrennen. Altersklasseneinteilung gab es bei uns nicht, so waren die Jüngsten meistens die Letzten. Allerdings gab es unter meinen Spielgefährten einen Jungen, der gehörte schon als 5jähriger immer zu den Renngewinnern, er wurde später ein Profisportler. Es freute mich, dass ich auch unsere 4 Kinder mit ihren Freunden in den 1950/60er Jahren für eifriges Trittrollerfahren mit „Rennwettbewerben" begeistern konnte.

Kreiseln

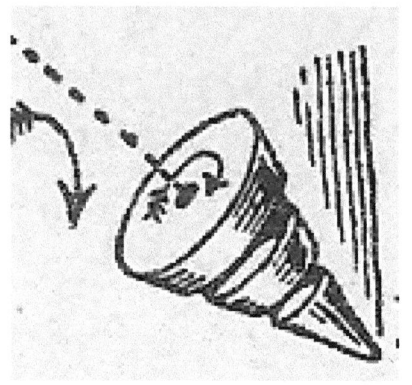

Ob es diese einfachen Kreisel aus Holz heute in den Spielwarenläden noch gibt? Von meinem Vater hatte ich damals Kreisel bekommen, die er auf einer Metalldrehbank selbst hergestellt hatte. Man brauchte nur noch eine Schnure, die um den Kreisel gewickelt wurde und an einem Stock befestigt war. Die Rillen im Kreisel verhinderten das Verrutschen der Schnure. Der Kreisel mit der Spitze auf eine ebene Fläche aufgesetzt wurde durch das Abziehen der Schnur in drehende Bewegung gebracht. Stundenlang spielten wir dieses einfache Spiel, bei dem der der Sieger war, dessen Kreisel sich am längsten aufrecht drehte. Es gab aber auch ungeschickte Kinder, die Mühe hatten den Kreisel zum Drehen zu bringen.

Ich kreiselte auch gern in unserem Hausflur und auf den Gehwegplatten im Hof. Dort war eine gut geeignete glatte Oberfläche. Nur brachte ich damit häufig unsere Katze in Rage. Der sich drehende Kreisel sah für sie vielleicht wie eine Maus aus und sie sprang oft hinzu und schubste ihn mit ihrer Tatze um.

Ballspiele
Das Angebot an Ballspielen für Kinder ist heute erschreckend umfangreich. Wir waren während meiner Kindheit glücklich über einen ganz einfachen Gummiball, – Kunststoffe kamen erst später auf. Kinder, die mehrere Bälle, dazu in verschiedenen Größen besaßen, gehörten zu den Privilegierten. Heute ist Fußball das Spiel der Spiele, wir kannten damals aber auch noch anderes Ballspiele, deren einfache Regeln von Generation zu Generation weitergegeben worden waren, die wir jedoch auch noch variierten. Oft genügte eine Hauswand oder ein Scheunentor auch allein lange Zeit mit einem Ball zu spielen.
Probleme gab es wenn der Ball beim Werfen abdriftete und in Höfen oder Gärten der Nachbargrundstücke landete. Da gab es auch grillige Leute, die uns dann den Ball erst nach Schimpftiraden wieder gaben. Erinnern kann ich mich noch an einige Fälle, in denen der Ball eine Fensterscheibe durchschlug. Ich weiß, dass ich dann die Reparatur sogar vom Geld aus meiner Sparbüchse bezahlen musste.
Aus der Vielzahl unserer damaligen Ballspiele denke ich sehr gern an eines, für das wir gern einen Spielgefährten, der nicht ganz so wendig war, aussuchten und welches man auch nur zu dritt spielen konnte. Zunächst wurde durch auszählen der erste Ballfänger ermittelt, die anderen beiden stellten sich in etwa 20 m Entfernung gegenüber, um sich den Ball zuwerfen zu können. Der Fänger musste dabei in der Mitte des

Spielfeldes versuchen den Ball zu erwischen, was man mit verschiedensten Wurftechniken zu verhindern suchte. Hatte er den Ball aufgefangen musste derjenige, der zuletzt geworfen hatte, nun in die Mitte. War es dann gelungen den etwas ungeschickten Mitspieler als Fänger zu haben, hatte der meistens wenig Chancen wieder von diesem unglücklichen, stressigen Spielposten wegzukommen. Bei uns war es Lothar, der nie den Ball erwischte und dann manchmal schmollte und nicht mehr mitmachte.

Fahrten mit Kinderfahrrädern

Ich gehörte zu den Auserwählten, weil ich als Sechsjähriger ein Fahrrad bekam. Gegenwärtig ist das keine Ausnahme mehr, denn noch Jüngere haben solche Fahrzeuge, ohne deren Wert zu achten. Mein Vater hatte aus gebrauchten und einigen neuen Teilen ein Kinderfahrrad zusammengebaut. Ich habe dabei geholfen und es mit unserer Lieblingsfarbe grün angestrichen.
Das wichtigste am Rad war für mich der Rücktritt. Beim Lernen des Fahrens musste ich neben dem Halten der Balance als erstes das Anhalten beherrschen. Ich spüre noch heute meine damalige Angst, wenn ich mit dem Fahrrad sehr schnell auf Menschen, Zäune, Tiere, Mauern oder Gräben zuraste. Das Beherrschen der Rücktrittbremse war dann die letzte Rettung. Als 64 Jähriger schaffte ich mir, auf Empfehlung meiner

Kinder, ein Fahrrad mit Gangschaltung an. An diesem gibt es, technisch bedingt, nur Handbremsen. Selbst die Vorteile der Gänge waren für mich kein Ausgleich für die Rücktrittbremse. Bei einer notwendigen Bremsung trete ich noch immer wie gewohnt automatisch schnell rückwärts und ich merke mit Schrecken, das Gefährt hält nicht an.

Noch deutlich erinnere ich mich an meine erste selbstständige Fahrt mit dem Fahrrad in der Gartenstraße, wo wir wohnten. Sie führte von unserem Haus aus bergab und mündete am Ende in die Hauptstraße, an deren gegenüberliegender Seite sich ein großer Teich befand. Nur konnte ich bei meiner Fahrt die Ermahnungen der Eltern nicht erfüllen und am Vorfahrtsschild anhalten. Ich war so in Fahrt gekommen, dass meine Kraft nicht ausreichte oder ich vielleicht auch zu ungeschickt war, mit dem Rücktritt zu bremsen, ich landete im Wasser!

Außerordentlich glücklich war ich über das etwas größere Fahrrad (Größe 26), das ich als Achtjähriger erhielt. Damit und mit den Rädern, die ich mir in den Folgejahren anschaffen durfte, habe ich zahlreiche Touren mit Cousins und Cousinen sowie Freunden unternommen. Ich lernte dadurch die Sehenswürdigkeiten meiner Heimat kennen und hatte viele schöne Erlebnisse.

1939 - Mit meinem Vetter aus dem Sudetenland - Radausflug zur Göltzschtalbrücke

Wir hatten Frühstücksbrote und Trinkbares mitgenommen, denn das Einkehren in Gaststätten war zu teuer. Außerdem schmeckte das Essen in der Natur viel besser. Fast kein Radausflug verlief damals ohne Reifenpanne, weil die Qualität der Mäntel und Schläuche sehr zu wünschen übrig ließ. Auch die Reparatur war viel schwieriger als heute. Es gab noch keine „Flügelmuttern"; die ohne Schraubenschlüssel zu lösen oder festzuziehen sind. Der sogenannte Knochen, ein Schlüssel, der für alle gängigen Schraubengrößen verwendbar ist, gehörten neben dem „Flickzeug" zu den wichtigsten Utensilien in der Reparaturtasche. Abgesehen davon, dass es sehr schwierig war die Räder abzumontieren, grenzte es manchmal an eine Meisterleistung, den Schlauch wieder luftdicht zu bekommen. Beim Suchen der Schadstelle wurde die defekte Gummiröhre aufgepumpt und ins Wasser gedrückt. Dort, wo Luftblasen aufstiegen, befand sich die undichte Stelle. Voraussetzung für eine erfolgreiche Reparatur waren: Eine ganz trockene leicht angeraute Oberfläche, dünn aufgetragener Klebstoff, der die vorgeschriebene Zeit antrocknen musste und der notwendige längere Druck für das Festkleben des Fleckens. Die meisten Schadstellen entstanden sehr oft direkt neben schon aufgebrachten Gummiflicken. Weggeworfen wurden die Schläuche erst dann, wenn der Umfang der geflickten Stellen keine weiteren Reparaturen mehr zuließ. Alte Schläuche dienten außerdem als Reparaturmaterial.

Meine besonderen Spielsachen

Während meiner Kindheit wurden ganz wenige Spielwaren gekauft. Wir Kinder waren deshalb recht einfallsreich beim Herstellen von Gewehren, Degen und Schutzschilde aus Holz, Bauklötzen aus Abfallholz, Karren aus abgewrackten Kinderwagengestellen und ähnlichem.

Ich wurde von Spielgefährten beneidet, weil ich als Einzelkind allerhand Spielzeug besaß. Es war nicht alles neu, sondern meine Eltern hatten es z. T. gebraucht gekauft oder von Verwandten und Bekannten erhalten. Einige Spielsachen blieben mir in besonderer Erinnerung:

Kaufmannsladen, Schaukelpferd, Zinnsoldaten- und Tierfiguren. und Spielzeugeisenbahn.

Kaufmannsladen

Kürzlich sah ich den Kaufmannsladen meiner 3jährigen Urenkelin als „Tante Emma Laden" bezeichnet. Das weckte Erinnerungen und führte zugleich zur Feststellung: So sahen diese unter dieser  Bezeichnung sehr bekannten Läden nicht aus. Auch waren unsere Kaufmannsläden mit denen wir gern spielten viel einfacher. Ich besitze leider kein Foto von meinem Kaufmannsladen. Sie waren Miniaturabbild der in jener Zeit üblichen Krämerläden, Bild vom im Freilichtmuseum Hohenfelden ausgestellten Laden.

Uns Kindern sollte beim spielen mit dem Kaufmannsladen auch damals beigebracht werden welche Lebensmittel, Maßeinheiten und Verpackungen es gibt

und wie man mit Geld umgeht. Wir wollten immer alles sehr wirklichkeitsnahe nachmachen und brachten deshalb auch richtige Lebensmittel, Mehl, Zucker... in unseren Kaufmannsladen. So erinnere ich mich, dass ich einmal Milch mit ins Spiel brachte und versuchte, sie in die kleinen Krüge abzufüllen. Unvorstellbar das Geschmiere, das in Verbindung mit den anderen Lebensmitteln entstand! Die Mutter schimpfte aber die Großmutter kam zu Hilfe und nach einiger Zeit war alles wieder sauber und trocken. Eine Sisyphusarbeit, die kleinen Gefäße zu säubern.
Wir hantierten mit Spielgeld – kleinen Aluminiummünzen und gemalten Papierscheinen. So weiß ich noch, dass ich als etwa 5jähriger zu unserem Tante Emma Laden ging und mir für dieses Geld Bonbons holen wollte.

Schaukelpferd

Mein Schaukelpferd aus Holz mit echtem Fell nannte ich Cäsar, weil es in unserer Nachbarschaft ein richtiges Pferd mit diesem Namen gab. Es hatte ein Bodenbrett mit Rädern, konnte aber auch auf ein Schaukelgestell montiert werden. Der richtige Cäsar kannte mich sehr genau und er kam auf mich zu

galoppiert, wenn er im Garten graste und ich vorbeiging. Ein Stückchen Würfelzucker hatte ich immer in der Tasche und das holte er sich dann ab.
Meine 2 Jahre ältere Kusine schmollte immer, wenn sie nicht auf dem Schaukelpferd reiten durfte. Heute nach 80 Jahren erzählt sie noch, dass sie die Gelegenheit nutzte sich auf Cäsar zu setzen, wenn ich gerade nicht in der Nähe war.

Zinnsoldaten- und Tierfiguren

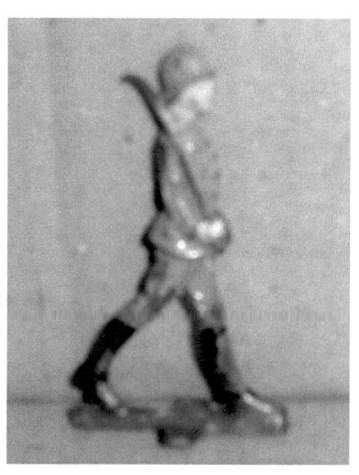

Gern spielte ich auch mit den Zinnsoldaten, die ich nur nach heftigem Drängen erhalten hatte; dieses Spielzeug mit Soldaten und Kriegsgerät gefiel meinen Eltern nicht. Sie konnten sich aber dem Trend der Zeit nicht entgegenstellen. So versuchten sie indessen mit anderem Kinderspielzeug meine Interessen zu steuern. Das waren vor allem Tierfiguren und darunter besonders Pferde. Wobei aber auch hier mit Lanzen oder Armbrust bewaffnete Reiter und Kämpfer beliebt waren.

Gern spielte ich mit Freunden „Schlachtfeld"; dabei bekam jeder die gleiche Anzahl Zinnsoldaten oder Tierfiguren, die er in einer Formation aufstellte. Z. B wurde dann mit einem Lanzenreiter versucht, in den gegnerischen Reihen viele Figuren umzuwerfen, wer die meisten umwarf war Sieger.

  Auch andere Tierfiguren waren für mich ein schönes Spielzeug

Spielzeugeisenbahn

Als 8jähriger erhielt ich Weinachten eine elektrische Märklin Eisenbahn der Spur OO, mit vielem Zubehör und alles auf einer großen Platte (ca. 2,0 x 2,5 m) montiert. Dazu viele, nach maßstabgerechten Modellen, selbst gebaute Bahnhofsgebäude, Häuser, Bäume, Gebirge und Tunnel. Minilaternen und -birnen sorgten für eine eindrucksvolle elektrische Beleuchtung.

Fotos waren während meiner Kindheit von minderer Qualität.

Beim Gestalten der Platte mit der elektrischen Eisenbahn und dem Zubehör hat mein Vater nur die Grundausstattung installiert. Bis ungefähr zu meinem 10. Lebensjahr hat er mitgeholfen und mir die erforderlichen Fertigkeiten für die weitere Gestaltung beigebracht. Dann habe ich weitgehend selbständig gebastelt, gebaut und alles weiterentwickelt. An Schwachstromanlagen erfasste ich insgesamt die Grundlagen für die Elektromontage. Ich war z.B. hoch begeistert, als ich das Prinzip der Induktion, des Elektromagnetismus, der Wechselschaltung und ähnlichem begriffen hatte und es anzuwenden verstand. Im Krieg und in der Nachkriegszeit, als fast keine Handwerker zur Verfügung standen, konnte ich mit diesen Kenntnissen oft helfen.

Mit dem Aufbau der Spielzeugeisenbahnanlage wurde jedes Jahr in der Vorweihnachtszeit – 1. Advent - begonnen und sie blieb dann bis März an ihrem Platz im Wohnzimmer.

Kinder aus unserer Nachbarschaft und darüber hinaus auch weiter entfernt wohnende kamen mich in dieser Zeit häufig besuchen, um gemeinsam mit der Bahn zu spielen. Mit diesen etwas größeren Waggons ließen sich auch Bauklötze und anderes transportieren und man konnte richtig spielen. Später stellte ich meine Anlage auf kleinere Spurweiten um, nur konnte man mit den kleineren Loren nicht mehr so schön spielen.

In den 1960er Jahren baute ich für unsere beiden damals 8 und 10 Jahre alten Jungen ebenfalls eine

Spielzeugeisenbahnanlage „Marke Piko, Spur HO", sie fanden hierfür nie die Spielbegeisterung wie ich sie als Kind hatte.

Gesellschaftsspiele für Kinder

Früher, während meiner Kindheit, wurden Kindergeburtstage nicht in der Weise und in dem Umfang gefeiert wie heute. Ich erinnere mich nicht, dass ich jemals Spielgefährten oder Schulkameraden zu einer Geburtstagsfeier eingeladen hätte; die erste Feier, die mir noch im Gedächtnis ist, war zu meinem 18. Geburtstag zu dem ich einige Freunde eingeladen hatte. Wir tranken zu einem bescheidenen Abendbrot auch etwas Alkohol (Bier) und spielten Skat. Eine feste Freundin hatte ich zu dieser Zeit noch nicht.
Mir fällt ein, dass wir Gesellschaftsspiele, die üblicherweise heute bei Kindergeburtstagsfeiern beliebt sind auf der Straße oder bei Freunden im Garten spielten. Ich erinnere mich aber auch, dass meine Großmutter sehr großzügig war und wir bei schlechtem Wetter Gesellschaftsspiele in der Wohnung machen durften. In diesem Zusammenhang sind bis heute bekannte Spiele: *Blinde Kuh, Alle Bäume wechseln sich, Eierlaufen und ähnliche.*
Noch gern erinnere ich mich aber auch an ein vielleicht nicht allgemein bekanntes Spiel, dessen Regeln ich in einem Gedicht darstelle:

Nachdenken, nicht prahlen
Bei einem Kinderspiel,
kam mein Mut ins Spiel,
man beorderte mich
zunächst unter einen Tisch.
Nun wurde gesagt:
„Was folgt ist gewagt,
um zu überleben
kannst du noch aufgeben.

Überstehen kannst du nich´
3 derbe Schläge auf den Tisch."
Ich zeigte mich aber unerschrocken,
blieb widersprechend unten hocken.

Dann nach zwei Schlägen
tat sich nichts mehr regen.
Das war der Trick beim Spiel,
dass nun der 3. Schlag ausfiel.

Als sich alle lachend wanden
hatte ich sehr schnell verstanden:
Will man kein Lehrgeld bezahlen,
ist Nachdenken besser als prahlen.

Schlitten- und Skifahren

Viel Spaß hatten wir, wenn wir im Winter abends noch Schlitten- oder Skifahren durften. Wir Jungen machten mit übertriebenem Gehabe gegenüber den Mädchen durch verwegene Abfahrten auf uns aufmerksam. Die wegen Bombengefahr angeordnete Verdunkelung kam uns Kindern zu passe. In der Finsternis konnte mancher zusätzliche Schabernack getrieben werden. Beschreiben muss ich die Skier mit denen wir fuhren und die aus heutiger Sicht wahrscheinlich aus Sicherheitsgründen verboten würden. Sportgeräte, vor allem Schneeschuhe, mussten für die Wehrmacht abgeliefert werden, da sie im harten Winter während des Russlandfeldzuges dort benötigt wurden. Für uns blieben nur die aussortierten Bretter. Diese waren teilweise sehr lang, ungefügig und schwer. Meine waren 2,10 m lang. Die Bindungen bestanden aus Metallteilen und Lederriemen. Um diese an den Schuhen zum Halten zu bringen, nagelten wir Lederstreifen an die Absätze. Da es auf Bezugschein pro Jahr nur ein Paar Schuhe gab, musste mit diesen sehr vorsichtig umgegangen werden, sie durften nicht allzu sehr vernagelt sein. In diesem Zusammenhang sah ich meine Mutter einmal sehr traurig, denn ich hatte solch große Nägel eingeschlagen, dass sich der Absatz löste. Gott sei Dank konnte ein mit unserer Familie befreundeter Schuhmacher den Schaden wieder beheben. Weil aber das Befestigen der

Schneeschuhbindung immer wieder sehr problematisch war, machten wir die Riemen oberhalb der Ferse, in der Fessel, fest. Das schmerzte manchmal schon ohne Bewegung und der Langlauf und das Springen mit dieser provisorischen Befestigung der Bindung wurde oft zur Qual. Das hielt uns trotzdem nicht davon ab, über kleine aus Schnee selbstgebaute Schanzen zu springen und gewagt die Wiesenhänge hinunter zu fahren. Ein einziges Mal habe ich in den Jahren meiner Kindheit erlebt, dass ein Schulkamerad sich beim Skifahren ein Bein gebrochen hat. Sonst passierte, abgesehen von einigen kleineren blauen Flecken, wenig, weil der hohe Schnee ein gutes Polster darstellte. Übrigens habe ich den Eindruck, dass es während meiner Kinderjahre mehr Schnee und strengere Winter gab als heute. Gleichaltrige Bekannte bestätigen mir ebenfalls diese Feststellung.

Spiele in der Familie

Wenn es heute mal gelingt die Kinder vom PC oder Fernseher weg zu lotsen, dann sind in den Familien wohl auch noch Würfel-, Karten-, Brett- Wissensspiele und andere beliebt. Am bekanntesten ist „Mensch ärgere dich nicht", das ich als Kind sehr gern mit meiner Großmutter spielte und die mir dabei das Zählen beibrachte. Über Würfelspiele könnte ein gesondertes Buch geschrieben werden, ich will 2 besondere Spiele beschreiben, die nach meinen Feststellungen nur in meiner Heimat bekannt sind und deren Regeln wahrscheinlich nur mündlich in den Familien von Generation zu Generation weitergegeben wurden. Es sind: Autorennen und wachsender Käfer, die mit üblichen Würfeln gespielt werden. Mehrere Spieler können teilnehmen, wobei 10 aber eine Obergrenze sein sollte, weil die Spiele sonst zu lange dauern.

Beim **Autorennen** werden die Augen des Würfels zu Geschwindigkeiten. Es bedeuten:

1 = 100 Stundenkilometer
2 = 20 „
3 = 30 „
4 = 40 „
5 = 50 „
6 = 60 „

Es wird gewürfelt, ein ausgewählter Mitspieler (der beste im Rechnen) schreibt für die einzelnen Teilnehmer die gewürfelten Geschwindigkeiten auf und addiert gleich. Gewonnen hat nach vorher festgelegten 10 bis 20 Würfelrunden wer summiert die höchste Geschwindigkeit hatte. Es macht Spaß, sich dabei gedanklich in die Realitäten eines Autorennens zu versetzen.

Die Regeln für **„wachsende Käfer"** sind:

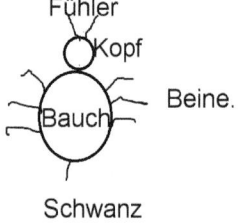

Gezeichneter fertiger Käfer.

Es wird mit 2 Würfeln gewürfelt und nur die Einsen zählen.

Jeder muss also auf einem Blatt Papier seinen Käfer entsprechend der Würfelergebnisse zeichnen. Die erste gewürfelte Eins ist der Bauch und für je eine weitere kommen 1 Kopf, 6 x Beine und 1 Schwanz hinzu. Für die Fühler braucht man bei einem Wurf 2 Einsen. So kam es vor, dass manche ihren Käfer bis auf die Fühler fertig hatten, weil es ihnen bisher nicht gelungen war 2 Einsen zu würfeln. So konnten sie durch zurückliegende Mitspieler, die schon 2 Einsen gewürfelt hatten noch überholt werden. Gewonnen hatte also, wer den mit Fühlern versehenen Käfer zuerst fertig hatte. Die einzelnen Mitspieler bemühten sich um besonders originelle Zeichnungen, denn es bereitete Freude über die Zeichenkünste herzuziehen.

Wegen des heutigen reichhaltigen Angebots immer neuer Spiele gerieten die alt bekannten wie „Mühle", „Dame" und Kartenspiele wie „Schwarzer Peter" oder „Mau" fast in Vergessenheit. Besonders erfreut war ich deshalb, als ich kürzlich mit meiner 8jährigen Urenkelin Mühle spielte und in ihr eine ernst zu nehmende Spielgegnerin fand.

Außergewöhnliche Spielerlebnisse

Spielen mit Autowrack und Kipplore
Wagehalsiges spielten wir auf verkehrsarmen Nebenstraßen und in einem stillgelegten Steinbruch im nahegelegenen Flusstal. Mit von der Partie waren immer einige Jungen (zwischen 7 und 14 Jahren) aus unserer Nachbarschaft. Mädchen durften meistens nur Zuschauer sein.
In der benachbarten Gärtnerei stand ein altes Autowrack (Opel P 3) ohne Motor aber noch fahr- und lenkbar. Die Gärtnerfamilie hatte 5 Jungen im Alter von 6 – 14 Jahren, die mussten alle in der Gärtnerei mitarbeiten hatten aber auch sehr viel Freiraum zum Spielen. So war das stillgelegte Auto ein beliebtes Spielobjekt für uns gleichaltrige Jungen aus der ganzen Nachbarschaft. Wir schafften es, das Gefährt auf die Straße zu schieben, die führte vom Gartentor der Gärtnerei ungefähr 500 m abwärts bis zu einer Hauptstraße. Etwa 8 Jungen zwängten sich ins Fahrzeug und der älteste von uns durfte als erster lenken. Zwei kleinere Jungen mussten anschieben, sie protestierten zwar, es wurde ihnen aber versprochen, bei der nächsten Fahrt mit einsteigen zu dürfen. Tatsächlich funktionierten die Bremsen noch und am Vorfahrtsschild kamen wir zum Stehen. Was nun, das Auto war unten? Da kamen die Gärtnerjungen auf die Idee, ihren Zugochsen aus den Stall zu holen und ihn vors Vehikel zu spannen. Geduldig zog das Tier das Auto

wieder nach oben und auf die geschilderte Weise folgten mehrere Abfahrten. In den folgenden Tagen wiederholten wir unser Spiel mit dem Auto ohne Motor. Ein Verbot erfolgte erst nach etwa 2 Wochen, weil sich ein griesgrämiger alter Mann beschwerte. Er war, glaube ich, 60 Jahre alt aber für uns uralt und wohnte in unserer Straße. So weit ich mich erinnern kann sagte er, dass er sich als Fußgänger nicht mehr sicher fühlte, wir hätten ihn beinahe mal angefahren. Um Nachbarschaftsstreit zu vermeiden wurde das Auto im Garten von der Gärtnerei aufgebockt und zusätzlich die Räder abgeschraubt. Das war wohl auch von der Fahrzeugzulassungsbehörde angeordnet worden, so meinten jedenfalls wichtigtuerisch die Jungen aus der Gärtnerei.

Schade, unser schönes Spiel war zu Ende, wir ließen uns aber Neues einfallen. In dem stillgelegten Steinbruch standen noch viele alte Kipploren – sie dienten einst zum Stein- und Kiestransport.

Mit diesen Loren spielten wir zunächst sehr gewagt. Die alten Gleise endeten blind am Geröllhang, wir brachten die Loren in Fahrt und sie stürzten den Abhang hinunter. Einige waren derart stabil, dass sie unten sogar wenig beschädigt ankamen. Das halsbrecherische war aber, dass wir mit den Kippkarren bis kurz vorm Absturz mitfuhren und dann absprangen. Dabei wäre der Helfried, der mutigste von uns, bald mal mit in die Tiefe gestürzt, weil er erst Absprang als das Gefährt schon im Sturzflug war. Doch alles ging noch gut.

Da kam doch einer auf den Gedanken, eine fast unbeschädigte Lore bis zu Straße und den Berg hinauf zu schieben und mit ihr dann wieder hinab zu fahren! Nur waren die eisernen Karren zu schwer und wieder musste der Ochse aus der Gärtnerei ran. Das Tier, so erinnere ich mich, war recht störrisch als es über das Geröll laufen sollte und auch das zu ziehende Gefährt war ihm scheinbar zu schwer aber es musste gehorchen.

Oben angekommen schwangen wir uns (etwa 6 -8 Jungen) auf die Lore und es ging mit Karacho den Berg hinab! Auch auf dem wenig befahrenen Schotterweg konnten Pferdegespanne entgegen kommen, dann hätten wir mit unseren nicht lenkbaren Kippkarren einen Zusammenstoß kaum vermeiden können. Als Bremse diente lediglich ein Holzknüppel, der über einem Rad installiert war. Schnelles Anhalten vor einem Hindernis war damit aber nicht möglich. Das gefährliche Spiel wurde oft wiederholt. Erst bei Dunkelheit und wenn der Ochse in den Stall musste, war an manchen Tagen Schluss. Völlig beendet wurde unser Tun durch den Ortspolizisten, der sich uns in den Weg stellte und ankündigte, uns einzusperren oder ins

Heim für schwer erziehbare Kinder zu bringen. Er rügte uns außerdem wegen Tierquälerei und Diebstahl der Loren. Letztlich informierte er aber nur unsere Eltern. Ich bekam zu hause keine Hiebe sondern nur eine Strafpredigt. Von den anderen erfuhr ich aber, dass sie ganz schön den Hintern voll bekamen.

Alte Leute foppen
Mir ist keine offizielle Bezeichnung für ein Spiel bekannt, das wir „Alte Leute foppen" nannten. Alt waren für uns Kinder alle Erwachsenen und die über 50jährigen waren uralt. Es machte uns besonderen Spaß, wenn wir diese reinlegen konnten, denn sie meinten oft, die heutigen Jungen und selbst die Mädchen sind viel frecher als früher, das beleidigte uns.
Die Umgebung meines Elternhauses eignete sich besonders für dieses Spiel, weil alle Wege durch dichte Heckenzäune eingefasst waren. Der Ablauf ist einfach: Eine mittelgroße Geldbörse wird an eine dünne Schnur festgebunden und sichtbar auf den Weg gelegt. Der Strick unter den Heckenzaun hindurch zum Garten geführt wo wir uns versteckten. Ausnahmslos alle Vorbeikommenden griffen nach dem Portmonee, dabei zogen wir es aber schnell fort. Grundsätzlich erfolgten Erschrecken und Schimpfen auf die bösen Buben aber manchmal waren auch Mädchen mit von der Partie.

Mein Elternhaus – selbst im Winter hockten wir uns hinter die verschneiten Heckenzäune, weil da die Geldbörsen auf dem Schnee gut sichtbar waren und wir uns hinter Schneehaufen verstecken konnten.

Drei Jungen bauen ein Floß
Auch das war für uns Kinder Anfang der 1940er Jahre Spiel, gibt es heute so etwas auch noch?
Wer von uns drei 12jährigen Jungen, Hans, Erich und ich zuerst den Gedanken hatte. ein Floß zu bauen mit dem man vom nahe gelegenen Tal beginnend auf dem Bach Triebes über die Flüsse Weida, Elster, Saale, Elbe bis Hamburg schippern kann, weiß ich nicht mehr. Es war kurz vor den Sommerferien im Jahre 1943 und jede Unterrichtspause nutzten wir, um zusammen zu hocken und weiter an unseren Plänen zu schmieden. Die Mitschüler meinten schon, die hecken bestimmt Unanständiges aus, wir hielten dicht und weihten niemanden ein.
Die Zeugnisse waren bei mir und Hans gut bei Erich einigermaßen ausgefallen, er war eher ein Praktiker als ein gern Lernender. Aber das Wichtigste: „Wir

waren versetzt worden!" Gleich am ersten Ferientag begannen wir mit den nun praktischen Vorbereitungen unseres Unternehmens. Wir hatten relativ wenig Freizeit, denn Hans musste in der elterlichen Gärtnerei und ich in unserer Landwirtschaft immer viel mitarbeiten. Doch Erich, der zu hause weniger eingespannt war, half mir oft, damit ich dann mehr Zeit für unser Vorhaben hatte.

Zuerst galt es, einen Platz für den Zusammenbau unseres Floßes mit folgenden Voraussetzungen zu finden: Mögliche Nähe zum Bach mit günstiger Stelle, an der das Wasserfahrzeug in die Wasserströmung gebracht werden kann.

Ein Ort im Wald, an dem geeignete zu fällende Bäume stehen und der möglichst versteckt, weitab von Wegen oder Häusern, liegt. Niemand darf uns entdecken.

Eine kleine Lichtung, die genügend Bewegungsfreiheit für den Zusammenbau zulässt und an deren Rand sich Büsche und Gehölz zum Versteck der Werkzeuge, aller Bauteile und des Floßes befinden.

Im Waldgebiet Erdberg fanden wir diesen passenden Bauplatz. Der Bach Triebes war gleich in der Nähe.

Nun galt es die erforderlichen Werkzeuge und Materialien zu sammeln und heimlich dorthin zu bringen. Hans, in den Lagerräumen der Gärtnerei, und ich in unserer Scheune, fanden sehr schnell das Notwendige. Es gelang uns auch die Zeiten abzupassen, an denen wir Sägen, Äxte, Nägel, Seile für das Zusammenbinden der Floßstämme und anderes mehr unbemerkt fort an die Floßbaustelle transportieren konnten. Außerdem kam uns zu passe, dass wir in einem nicht weit entfernten stillgelegten Steinbruch noch einige brauchbaren Materialien, vor allem dichte Benzinkanister, die wir unter den Floßstämmen befestigen wollten, entdeckten.

Eine Panne hätte bald alles zum Scheitern gebracht, mein Großvater suchte plötzlich eine Bogensäge, die ich schon in Beisitz genommen hatte. Er gab aber schließlich das Weitersuchen auf, er war sich nicht ganz sicher, ob das Gerät vielleicht bei Arbeiten im Wald dort vergessen worden war. Er wunderte sich auch, dass einige Seile in der Scheune fehlten, aber auch hier kam mir seine Altersvergesslichkeit zu Gute, er war schon 75 Jahre alt.

Hans kamen plötzlich Bedenken, ob es richtig sei nach Hamburg zu reisen. Er hatte dort eine Tante, die von schweren Luftangriffen geschrieben hatte. Doch ich überredete ihn bei der Stange zu bleiben, denn wir brauchten ja nicht unbedingt bis zu dieser Stadt; vielleicht finden wir schon hinter Magdeburg eine schöne Stelle am Elbufer, wo wir einige Tage Ferien machen könnten. Aber da gingen plötzlich seine Überlegungen weiter und er meinte, wie kommen wir wieder heim, gegen die Strömung schaffen wir es nicht, wieder zurück zu fahren. Das stimmte, aber Erich sagte: „Vielleicht können wir bei Magdeburg sogar einen großen Bauernhof finden, wo wir arbeiten und uns Essen und sogar Geld verdienen, – ich muss nicht unbedingt zurück. Ich habe von Verwandten, die dort wohnen und Knechte und Mägde in einem Gut sind, gehört, dass es dort beste Verpflegung gibt, reichlicher als bei uns hier." Wegen dieser Debatten fürchtete ich, dass unser ganzes Vorhaben platzen könnte und sagte: „Über all das wird später entschieden, wenn wir erst mal auf dem Wasser sind und an einer schönen Stelle angelegt haben!" Da kamen aber doch noch mal zusätzliche Bedenken von Hans: „Und was machen wir an den Wehren? Über die ist unser Floß nicht ohne weiteres zu bringen. Dieses erste Hindernis ist schon in der Stadt, in Weida, ich habe noch nicht erlebt, dass dort selbst ein Paddelboot darüber hinweg kam." Das war ein Argument, das auch mich zu Überlegungen zwang. Ich wusste aber schnell einen Ausweg: „Es gibt 2 Möglichkeiten die Wehre zu überwinden. Erstens, wir steigen ab und lassen das Floß allein über das Wehr gleiten." Gleich wandte Erich ein: „Und dann ist es auf dem fließenden Wasser auf und davon." Aber da wusste ich Rat: „Wir binden es an ein

langes Seil und ziehen es unterhalb des Wehres wieder an Land." Hans und Erich guckten zweifelnd: „Ob wir dazu genügend Kraft haben?" Als zweite vielleicht bessere Lösung bot ich an: „Wir nehmen zwei Kinderwagenuntergestelle mit. Auf denen können wir unser Floß leicht an Land vom oberen Flusslauf nach unten ziehen." Da protestierte Erich: „Wenn wir all das mitnehmen bleibt doch gar kein Platz für unsere Verpflegung!" Nun wurde ich doch etwas energisch: „Über alles sprechen wir, wenn das Floß fertig ist, lasst uns doch endlich mit der Arbeit beginnen, denn wir müssen unseren Zeitplan, den wir gemeinsam aufstellten, einhalten, sonst sind die Ferien zu Ende und wir quatschen immer noch."
Meine Freunde akzeptierten zunächst und wir begannen mit dem Floßbau. Doch man glaubt es kaum wie schwer es ist, die Meinungen von nur 3 Jungen unter einen Hut zu bringen! Nur gut, dass wir nicht weitere Schulkameraden mittun ließen, sonst wäre schon an den ewig neuen Vorschlägen alles gescheitert. Nach langem hin und her einigten wir uns nun aber auf folgendes:
Unser Wassergefährt wird 3 x 2 m groß und die auszuwählenden Stämme müssen einen Durchmesser von etwa 10 cm haben. Dazu meinte Erich: „Die ganze Rechnerei hierzu macht ihr, ich werde schon mal geeignete Fichtenbäume aussuchen." "Dazu brauchst du aber eine Schublehre, um die mit den richtigen Durchmesser zu finden," wand ich ein. „Das ist doch

Quatsch", sagt er, „ich habe ein so gutes Augenmaß, dass ich sie auch so finde". Hans und ich rechneten, was wir aber schriftlich tun mussten: Wenn wir die Stämme auf eine 3 m Länge schneiden, brauchen wir für 2 m Breite wie viel? 2 m sind gleich 200 cm, das geteilt durch 10 sind 20 Stämme. Als Erich unsere Berechnung sah fand er sie falsch, er hatte auch recht, zwischen den Stämmen bleibt beim Zusammenfügen ein kleiner Spalt vielleicht von einem halben Zentimeter das ist dann bei 20 Stück immerhin 1 Stamm weniger. Also einigten wir uns auf 19, die Erich inzwischen auch gefunden und angezeichnet hatte. Jedoch kamen ihm Bedenken, ob Fischten das richtige Holz seien, wahrscheinlich würden Eichen widerstandsfähiger sein und Pappeln sich besser bearbeiten lassen, weil am unteren Stamm auch weniger Äste sind. Doch diese Debatte ließen Hans und ich nicht mehr zu, sonst hätten wir einen anderen Bauplatz suchen müssen. Streit entstand jedoch darüber, ob an den Stämmen die Rinde abgeschält werden muss. Ich war dagegen, weil es nicht nur zu aufwendig wäre sondern auch nicht nötig sei, weil ja die Flößer, das hatte ich auf Bildern gesehen, auch mit ungeschälten Stämmen arbeiten würden. Schließlich stimmten die beiden anderen mir zu, Hans forderte aber, dass wir Wolldecken mitnehmen, weil sonst der Boden auf dem Floß fürs darauf liegen zu rau und unbequem sei. "Noch mehr Ballast", maulte jedoch Erich.

Wahrscheinlich schoben wir im Unterbewusstsein die schweren Arbeiten, das Bäume fällen und anderes, vor uns her und setzten uns auf den Waldboden um zu beraten, was wir mitnehmen und dafür noch besorgen müssen.

Vorher gab Erich, der Praktiker, noch zu bedenken, ob der Bach Triebes auch überall breit genug sei, dass unser 2 m breites Floß hindurch kommt. Jetzt wird nichts mehr geändert, protestierte ich: "Es existieren keine solche Engstellen, ich kenne den ganzen Flusslauf von Triebes und Weida bis zur Mündung in die Elster. Die Saale und die Elbe sind dann sogar schiffbar für große Schiffe."

Einig waren wir uns, dass wir genügend Speisevorrat und viel Trinkbares mitnehmen müssen. Erich tat sich sogar bei diesen Gespräch groß indem er meinte, der Mensch kann Wochen ohne Essen aber nur wenige Tage ohne Trinken auskommen, dass habe ich von Schiffsbrüchigen gelesen, die auf einer wasserlosen Insel strandeten. Wir beiden bestätigten diese Feststellung und fanden es nicht schwer, eine leere 20 l  Milchkanne von der Milchrampe zu stibitzen. Die größeren Bauern merken das bei den vielen Kannen gar nicht gleich. Die können wir kurz vor der Abfahrt mit Trinkwasser füllen und das reicht bestimmt bis wir wieder an eine Wasserstelle kommen.

Diese Milchkanne mit Wasser gefüllt

war ganz schön schwer und wir mussten sie mit Handwagen zu unserer Floß- Ablegestelle transportieren.
„Ich nehme aber unbedingt einige Beutel Brausepulver mit, sonst schmeckt das Wasser nicht", ergänzte Erich.
Ich argumentierte nun: "Also, das Trinken ist geklärt aber wie beschaffen wir Lebensmittel, besonders solche, die sich mehrere Tage halten und wenn wir unterwegs zukaufen müssen, brauchen wir Geld und vor allem Lebensmittelmarken". Jetzt war guter Rat teuer.
"Geld habe ich nicht" war sofort Erichs Bemerkung, "aber ihr prahlt doch immer mit euren Sparbüchsen und die werden einfach geplündert". Wir überlegten und ich meinte: "Bei mir könnten sogar 10.- Mark drin sein" und Hans bestätigte eine ähnliche Summe. "Na prima" äußert Erich, "da können wir schon allerhand Brot für kaufen" und mir entgegnete er: "Du kannst doch bestimmt einen großen Topf mit Schweinefett aus eurer Speiskammer beiseite bringen, da habe ich mehrere gesehen, wenn deine Großmutter einen holte, um auch mir hin und wieder eine Fettschnitte zu schmieren". Der Vorschlag gefiel mir nicht besonders gut, denn stehlen wollte ich nicht aber die beiden bezeichneten so etwas als Mundraub. Blieben die fehlenden Brotmarken, die waren keinesfalls aufzutreiben. Hans wollte aber versuchen, ein paar Kilo Roggenmehl zu beschaffen. Seine Eltern tauschten hin und wieder in der Mühle schwarz Getreide gegen

Mehl und die Mehlsäcke standen in der Vorratskammer. Dort könnte er bestimmt unbemerkt etwas entnehmen. Er meinte, dass sich ein Bäcker darauf einlässt, uns für das Mehl Brot sogar etwas billiger abzugeben. Nun fehlte noch Erichs Beitrag und der beabsichtigte Kartoffeln beisteuern, die er aus einer Futterküche beiseite schaffen wollte. Er half manchmal bei einem Nachbarn, einem großen Bauern, die Schweine zu füttern und da könnte es ihm gelingen, jedes Mal die Hosentaschen voll Futterkartoffen mitzunehmen – "das sind" so beteuert er, "wenn ich schon morgen anfange, in 8 Tagen auch einige Pfund." "Aber die müssen doch gekocht werden", wand ich ein. "Na, das machen wir mit einem Lagerfeuer, wir müssen doch jeden Abend an Land und einen Übernachtungsplatz suchen", schlägt Hans vor. Das führte gleich zu einer neuen Überlegung:

Wir brauchen auch ein Zelt. Dafür konnte ich sorgen, ich hatte ein solches bei mir zu hause für das Jungvolkzeltlager aufbewahrt, das würde ich mitnehmen. Wir stellten es zur Probe im Garten schon mal auf und merkten, dass für uns Drei der Platz darin doch sehr eng war. "Vielleicht ist das Zelt sogar auf dem Floß aufzubauen", spinnt Erich gleich den Faden weiter, "dann sind wir auch immer vor Regen geschützt". Dem widersprach ich, denn auf dem Floß müssen wir stehen und die Balance halten und steuern. Daran, das stellten wir gleich fest, hatten wir noch gar nicht gedacht. Aber hier wusste Erich Rat: Er erinnerte sich, dass an einem Teich in der Nachbarstadt einige reiche Leute manchmal paddelten und da hatte er auch liegen gelassene Paddel mit zerbrochenem Stiel gesehen, die wollte er herbeischaffen. Er beteuert, das wäre ja Abfall und deshalb kein klauen. Außerdem meint er: "Mit einem Besenstiel lässt sich der defekte Paddelstiel wieder reparieren, da wir das Ding so wie so am hinteren Teil des Floßes beweglich anbinden".

Nach diesen Gesprächen gingen wir nun tatsächlich zu Werke und fällten die von Erich ausgesuchten Fichtenbäume. Dies und das Abschlagen der Äste mit einer Axt war für uns Halbwüchsige Schwerstarbeit. Wir brauchten hierfür 5 Tage mit ungefähr je 4 Arbeitsstunden. So war die erste Woche um und noch kein Floß fertig. Mir kam wohl zuerst der Gedanke, dass wir am Bauplatz mitten im Wald unser Wassergefährt gar nicht zusammenbauen können, wie sollen wir sonst das Ungetüm ans Bachufer bringen? Wir beschlossen also, nur je 3 Stämme zusammenzubinden, die wir auch gerade so tragen und die ungehindert zwischen den Bäumen transportiert werden konnten. Unsere Bedenken, dass wir dann beim weiteren Zusammenbau am Ufer entdeckt werden, waren groß. Wir entschlossen uns deshalb zu einer Nachtarbeit, schlichen uns um Mitternacht aus dem Haus und arbeiteten bis früh um 5,00 Uhr. Nach 2 Nächten war unser Floß fertig und im hohem Gras auch nicht bemerkt worden. Wir konnten also ein Probeschwimmen starten und das klappte. Da offenbarte Erich, dass er nicht schwimmen kann, weil er den regulären Sportunterricht häufig geschwänzt und in dieser Zeit lieber Fußball gespielt hatte. Wir beruhigten ihn, dass er trotzdem mit kann und er müsste sich Schwimmkissen umbinden, wenn wir in tiefes Wasser kommen; außerdem boten wir an, ihn in jedem Falle zu retten. Er überraschte uns aber auch mit der freudigen Nachricht, dass er schon mindestens 20 Pfund Kartoffeln unter seinem Bett bevorratet hat. Die müssten jedoch weg, weil sie neben dem Nachtopf liegen würden und zu befürchten wäre, dass sie den stinkigen Geruch annehmen. Nicht nur deshalb, sondern weil wir fieberten, endlich auf große Reise zu gehen, beschlossen wir am nächsten Tag, einem Sonntag, zu starten – wir nannten es „in den Fluss stechen". Dieser Tag war günstig, weil wir uns da früh zeitig heimlich außer haus schleichen konnten, die Eltern schliefen etwas länger.

Das Beladen des Floßes klappte gut, wir hatten es wie Profis mit einem Seil an einem Baum am Ufer festgebunden, damit es von der Strömung nicht fortgetrieben wurde. Nur beim Lösen dieses Seiles rutschte Erich aus und nur mit Hechtsprung gelang es ihm, aufs fort schwimmende Wasserfahrzeug zu kommen. Er hatte sich aber nur kleine Schürfwunden zugezogen. Wir jubelten, denn unsere Fahrt ging ganz schön schnell und auch das Steuern mit dem Ruder klappte, wir trieben in der Mitte des Baches, der kurz vor der Mündung in die Weida recht breit war. Nur zweigte dort auch ein Mühlgraben ab und wir mussten zu zweit ans Ruder, um nicht in diesen Nebenlauf zu gelangen, da wären wir am Mühlenrad gelandet. Wir jubelten und machten uns keinerlei Gedanken um die nächste Zukunft. Einige Spaziergänger, die uns auf dem Floß sahen, winkten uns zu und waren scheinbar erstaunt über unser Wagnis. Schon gegen Mittag waren wir im 15 km entfernten Weida nicht mehr weit entfernt vom bekannten Wehr. Einige Leute am Ufer riefen uns zu: "Seid ihr verrückt, ihr werdet das Wehr hinunterstürzen!" Da hatten die nicht mit unseren Können gerechnet, es gelang uns, ans Ufer zu kommen und das Floß zu verankern. Ja, nicht mit einem Anker sondern wieder mit einem Seil an einem Baum. Aber wir wollten doch gern Ausdrücke der Seemannssprache benutzen. Wir stiegen an Land und Erich sagte: „Schade, dass heute Sonntag ist, sonst würde ich schon bei einem Bäcker was einkaufen – ich habe mächtigen Hunger." Ich hatte es bisher geheim gehalten, in meinem Tornister waren genügend Fettschnitten eingepackt, die ich nun verteilen konnte. Erich schwor mir deshalb ewige Freundschaft, die auch bis zu seinem Tod mit 75 Jahren bestehen blieb.

Hätten wir doch vor der Stadt schon unsere Fahrt unterbrochen, denn an unseren Lagerplatz am unbefestigten Ufer erschien plötzlich ein Polizist und störte unsere gemütliche Vesper. Erich lobte gerade sein gut schmeckendes Wasser mit Brausepulver versetzt, – auch uns gab er großzügig davon ab, – da ertönte eine strenge Stimme: „Was treibt ihr hier und wo kommt ihr her? Bootsfahrten sind hier auf der Weida nahe am Wehr verboten!" Erich maulte gleich: "Wir haben doch ein Floß und kein Boot und wir sind auf großer Fahrt." Wir beiden anderen waren damit nicht einverstanden und dachten, vielleicht ist es besser mit dem Ordnungshüter friedlich zu verhandeln. Doch das war verpatzt, wir wurden mit auf die Wache genommen. Ein schwieriges Verhör begann, an dessen Einzelheiten und die weiteren Folgen, wie unser ganzes Unternehmen zurück abgewickelt wurde, kann ich mich nur noch schwach erinnern. Auch durch Unterhaltungen mit Erich, als er noch lebte und neuerdings mit Hans, konnten meine Erinnerungen nicht erheblich aufgefrischt werden. Ich hätte alles schon viel früher aufschreiben müssen.

Kurzum, unsere so schön geplante Floßfahrt fand ein schnelles Ende. Unsere Habseligkeiten, die wir auf dem Floß hatten, das weiß ich noch, durften wir auf einen Handwagen laden, den wir bis zu unserem 15 km entfernten Heimatort zogen und schoben. Die Holzstangen unseres Floßes kamen in die Heizung einer Fabrik und zu hause befürchteten wir eine deftige Strafe. In meiner und der Familie von Hans war Prügelstrafe tabu aber Erich berichtete, dass er von seinem Vater mächtige Hiebe bezogen hätte. Wir wurden stärker in die Arbeiten in Gärtnerei und Landwirtschaft eingespannt und mit schöner Ferienfreizeitbeschäftigung war es in diesem Jahr fast vorbei. Der Bauer, in dessen Wald wir die Bäume gefällt hatten, war großzügig und wir konnten bei ihm den Schaden abarbeiten. Wir mussten bei der Kartoffelernte im Herbst unentgeltlich mehrere Tage Kartoffen lesen. Es war Krieg und Arbeitskräfte waren rar.

Das alles überstanden wir mit Würde, doch fast unerträglich war der Spott, den wir durch Schulkameraden und Schulkameradinnen ertragen mussten.

Jedoch: Zeit heilt Wunden und es dauerte nicht all zu lange, da waren wir wieder oben auf.

Epilog

Wenn ich heute einen Spielwarenladen betrete fühle ich mich von dem reichhaltigen Angebot fast wie erschlagen. Vergebens suche ich aber meistens nach einfachen Spielen und Spielgeräten, wie ich sie aus meiner Kindheit in den 1930er Jahren kannte. Freilich staune ich über die Weiterentwicklung von Brettspielen, Spielen zur Wissensvertiefung, Möglichkeiten zum Basteln und Gestalten und vielen anderen Spielen, die eine sinnvolle Erziehung unterstützen. Auch

die vielen Spiele mit denen eine körperliche Bewegung gefördert wird, zeugen von großem Fortschritt.
Nur, wenn ich dann in die heutigen Spielzimmer der Kinder blicke, bin ich wiederum erschüttert. Zwanzig und mehr Plüschtiere, ebensoviel oder mehr verschiedene Spielgeräte oder Spielsachen sind nicht selten. Sie müssen doch eigentlich die Kinder verwirren; wissen sie noch womit sie gern und am liebsten spielen?
Verführt vielleicht diese Vielfalt dazu, dass die Kinder dann fast alles negieren und sich lieber an den Computer setzen oder mit elektronischen Geräten spielen?
Schwer haben es heute die Eltern, für ihre Kinder die zweckmäßigsten Spielsachen zu finden und dabei gebührlich Maß zu halten! Ironisch sage ich abschließend: „Man muss ja auch den anderen Eltern, Verwandten und Bekannten zeigen, was man seinen Kindern bieten kann, außerdem will man sie optimal fördern."